Best Best Colors
Los Mejores Colores

by/por Eric Hoffman
illustrated by/ilustrado por Celeste Henriquez
translated by/traducido por Eida de la Vega

Redleaf Press

Published by: Redleaf Press
                  a division of Resources for Child Caring
                  450 North Syndicate, Suite 5
                  St. Paul, MN 55104-4125

Distributed by: Gryphon House
                  Mailing Address:
                  P.O. Box 207
                  Beltsville, MD 20704-0207

Library of Congress Cataloging-in-Publication Data

Hoffman, Eric, 1950–
     Best best colors / by Eric Hoffman ; illustrated by Celeste
Henriquez ; translated by Eida de la Vega = Los Mejores Colores /
por Eric Hoffman ; ilustrado por Celeste Henriquez / traducido por
Eida de la Vega.
          p.   cm. – (Anti-bias books for kids)
     Summary : Nate has trouble deciding what his favorite color is, but
his two mamas help him realize that he does not have to have a
best, best color.
     ISBN 1-884834-69-8
     [1. Color Fiction. 2. Lesbians Fiction. 3. Homosexuality
Fiction. 4. Spanish language materials—Bilingual.] I. Henriquez,
Celeste, ill. II. Vega, Eida de la. III. Title. IV. Series.
PZ73.H623   1999
[E]—dc21   99-15663
                                                      CIP

For my best, best Jill.

Para Jill, mi mejor mejor.

—Eric Hoffman

For my husband, Bob.

Para Bob, mi esposo.

—Celeste Henriquez

Nate loved colors. Every morning when he first woke
up, he loved seeing his bright pink pillow and his light blue
blanket. He loved seeing his old white rabbit and his new orange
kitten. And every morning, he loved seeing his Mamma Jean's
brown, brown eyes and his Mamma Laura's black, black hair.
But when his mammas asked him which color he liked the best,
Nate didn't know what to say. "How can I choose just one?"
he wondered.

A Nate le gustan los colores. Por las mañanas, al despertarse,
le gusta ver su almohada rosa brillante y su manta azul claro.
También le gusta ver su viejo conejo blanco y su nuevo gatito
naranja. Y cada mañana, le gusta ver los ojos marrones de
mamá Jean y el pelo negrísimo de mamá Laura.
Pero cuando sus mamás le preguntan qué color le gusta más,
Nate no sabe qué decir. "¿Es que sólo puedo escoger uno?"
se pregunta.

Then, one day, Mamma Jean took him shopping for shoes.
Nate picked a pair that looked like fire...and valentines...
and red racecars roaring down the road.
"Red!" Nate said. "Mamma, that's my best, best color.
 Can I get some red pants too?"
"We can't afford them," she said, "but you can wear my hat."
"Mamma Jean," Nate said, "you're my best, best mom."

Un día, mamá Jean lo llevó a comprar zapatos. Nate escogió
unos zapatos que se parecían al fuego...y a las postales de San
Valentín...y a los autos de carreras que rugen por la pista.
"¡Rojo!" dijo Nate. "Mamá, éste es el mejor color.
 ¿Puedo comprar también unos pantalones rojos?"
"Ahora no tenemos suficiente dinero," respondió ella,
"pero puedes usar mi sombrero."
"Mamá Jean," dijo Nate, "tú eres mi mejor mamá."

Nate wore Mamma Jean's hat all morning, even while he painted. He covered his paper with bright skies...and blue jays...and giant whales diving into the deepest ocean. Then he showed his picture to Mamma Laura.

Nate usó el sombrero de mamá Jean durante toda la mañana, incluso mientras pintaba. Cubrió el papel de cielos brillantes...y de monigotes azules...y de enormes ballenas que se sumergían en lo profundo del océano. Al final, le mostró el dibujo a mamá Laura.

Blue!" Nate said. "Mamma, that's my best, best color."
"What about red?" Mamma Laura asked him.
"Forget red," Nate said. "Can we paint the whole
 house blue?"
"Not today," she said, "but you can paint your chair."
"Mamma Laura," Nate said, "you're my best, best mom."

Azul!" exclamó Nate. "Mamá, éste es el mejor color."
"¿Y el rojo?" le preguntó mamá Laura.
"Olvídate del rojo," dijo Nate. "¿Podemos pintar toda
 la casa de azul?"
"Hoy no," respondió ella, "pero sí puedes pintar tu silla."
"Mamá Laura," dijo Nate, "tú eres mi mejor mamá."

For lunch, Nate and his family had a picnic at Bay Street Park. Nate sat on a rock that reminded him of a turtle hiding in its shell. It made him think of cats' eyes...and caterpillars...and new leaves growing on the tallest trees.

A la hora del almuerzo, Nate y su familia fueron de picnic al parque de la bahía. Nate se sentó en una roca cuya forma le recordó una tortuga escondida en su caparazón. También le hizo pensar en los ojos de los gatos...y las orugas...y las hojas que crecían en los árboles más altos.

Green!" Nate said. "Mammas, that's my best, best color. No blue for me. So if I find a turtle, can I keep it?"
"No," said Mamma Jean.
"No," said Mamma Laura.
"Then you can't be my best moms ever again," Nate said.

Verde!" exclamó Nate. "Mamás, éste es el mejor color, y no el azul. Así que si encuentro una tortuga, ¿me puedo quedar con ella?"
"No," dijo mamá Jean.
"No," dijo mamá Laura.
"Entonces ustedes no pueden ser mis mejores mamás," dijo Nate.

On the way home, Nate visited his friend Kayla.
They sailed pirate ships and found buried treasure.
Kayla said it was just some rocks she had painted.
But those rocks reminded Nate of sunflowers...
and moonbeams...and secret gold hidden on a
faraway island.

De regreso a casa, Nate visitó a su amiga Kayla.
Jugaron a navegar barcos piratas y a encontrar tesoros
enterrados. Kayla dijo que el tesoro era unas rocas que
ella había pintado. Pero esas rocas le recordaron a Nate
los girasoles...y los rayos de luna...y el oro secreto
escondido en una isla remota.

Yellow!" said Nate. "Kayla, that's my best, best color. Not that yucky green, right?"
"Right," said Kayla. "Let's pretend we dive into the ocean to find more treasure."
"Kayla," Nate said, "you're my best, best friend."

Amarillo!" exclamó Nate. "Kayla, éste es el mejor color y no ese verde insoportable, ¿estás de acuerdo?"
"De acuerdo," dijo Kayla. "Ahora imaginemos que estamos buceando en el océano para encontrar más tesoros."
"Kayla," dijo Nate, "tú eres mi mejor amiga."

After dinner, Nate played with Miguel and Mandy.
They cooked mud cakes and sand pizzas and tree bark tea.
Miguel wore his favorite fancy cape. That cape made Nate
think about plums...and robes for a king...and sweet berries
growing on the highest mountaintop.
"Purple!" Nate said. "Miguel, that's my best, best color."

Después de comer, Nate jugó con Miguel y Mandy.
Cocinaron pasteles de barro, pizzas de arena y prepararon
té de corteza de árbol. Miguel llevaba una capa muy
bonita. La capa le recordó a Nate las ciruelas...y las ropas
de un rey...y las dulces bayas que crecen en lo más alto
de las montañas.
"¡Morado!" dijo Nate. "Miguel, éste es el mejor color."

Purple, purple, bo-burple," said Mandy. "Orange, that's the best. Like tangerines...and tigers...and Pumpkinhead, my pet fish."

"I like orange too," said Nate.

"Then you can be my best friend," said Mandy.

"No, he can't," said Miguel. "He's my best friend. Aren't you, Nate?"

"I don't know," said Nate. "Do I have to pick just one?"

Morado, ¡puaj!" dijo Mandy. "El naranja es el mejor. Como las mandarinas...y los tigres...y mi pececito Calabaza."

"A mí también me gusta el naranja," dijo Nate.

"Entonces puedes ser mi mejor amigo," dijo Mandy.

"No, él no puede," dijo Miguel. "Él es mi mejor amigo. ¿No es verdad, Nate?"

"No sé," dijo Nate. "¿Es que sólo puedo escoger uno?"

That night, Nate dreamed that all the colors were mad, mixed up, and fighting to be his best color. All his friends were fighting too.
"Stop!" Nate shouted, but they wouldn't listen.

Esa noche, Nate soñó que todos los colores estaban furiosos, se mezclaban y luchaban por ser el mejor color. Todos sus amigos se peleaban también.
"¡Basta!" gritaba Nate, pero ellos no lo escuchaban.

The next morning, Nate went into the kitchen to tell his mammas about his dream. He found them hanging something on the wall, something so beautiful that he forgot all about his dream.
Mamma Laura said, "Look what we got for the Pride Parade."
Nate saw red and orange and yellow and green and blue and purple. He liked every one of those colors, but he liked them best all together.
"I want to make one of those," he said.

A la mañana siguiente, Nate entró en la cocina para contarles el sueño a sus mamás. Las encontró colgando algo en la pared, algo tan hermoso que olvidó su sueño.
Mamá Laura dijo, "Mira lo que tenemos para el Desfile del Orgullo."
Nate vio rojo, naranja, amarillo, verde, azul y morado. Le gustaban cada uno de esos colores por separado, pero más le gustaba verlos todos juntos.
"Quiero hacer algo así," dijo.

So his mammas helped him find cloth, an old
broom handle, and all his lost markers.
When he was done, Nate said, "I sure wish I
could have more than one best color."
"You can," said Mamma Jean.
"I sure wish they could all be my best," said Nate.
"They can," said Mamma Laura.
"I sure wish I could show my flag to Miguel and
  Mandy and Kayla," Nate said.
"You can," his mammas said.
"You're my best, best moms," Nate said, and he ran outside
  to show all his best, best colors to his best, best friends.

Sus mamás lo ayudaron a encontrar tela, el mango
de una escoba vieja y todos sus marcadores.
Cuando terminó, Nate dijo, "Quisiera que hubiera más
de un mejor color."
"Puede haberlo," dijo mamá Jean.
"Quisiera que todos los colores fueran los mejores," dijo Nate.
"Pueden serlo," dijo mamá Laura.
"Quisiera que Miguel, Mandy y Kayla pudieran ver
mi bandera," dijo Nate.
"Pueden verla," dijeron sus mamás.
"Ustedes son mis mejores mamás," dijo Nate, y salió
corriendo para mostrarles todos los mejores colores a todos
sus mejores amigos.

A Note to Parents, Teachers, and Other Caregivers

When children reach preschool age, they often reject past playmates to be with only one "best friend." They may also believe that they must choose one favorite color, game, food, or parent. At the same time, children may start mirroring society's preferences based on race, gender, language, and family structure. They may become competitive and insist that games always have winners and losers. While adults can't expect children to skip this developmental stage, our guidance can either reinforce competition and intolerance or help children learn cooperation and respect for diversity. Here are some ways you can help children with these issues:

◆ Notice the ways people are the same and different. Ask questions and make lists about children's preferences ("What color is your blanket?" "What is your favorite food?"). Let children know that everyone's answer is a good one.

◆ Ask questions about families, as well ("Who has brothers and sisters?" "Who lives with cousins?"). Let children know that all kinds of families can love and take care of children.

◆ You can add diversity to a classroom or neighborhood by creating stories for dolls and puppets, each with their own unique ideas and families.

◆ Give children materials that can be sorted in different ways, without a "correct" answer ("Which of these rocks do you think is beautiful?").

◆ Intervene when children express opinions that are hurtful to others, such as "Only boys can play here—boys are better." Let children know you will keep the environment safe, both physically and emotionally. Model alternative ways to express needs and feelings ("You can say, 'I want to play with someone else right now,' rather than 'I hate you! You're not my best friend'").

Una nota para los padres, maestros y otros proveedores

Cuando los niños alcanzan la edad preescolar, con frecuencia rechazan a sus antiguos compañeros de juegos, para estar con un solo "mejor amigo." También creen que deben escoger un color, un juego, una comida o un padre favoritos. Al mismo tiempo, comienzan a reflejar las preferencias sociales en materia de raza, sexo, idioma y estructura familiar. Pueden volverse competitivos e insistir en que en un juego siempre haya ganadores y perdedores. Los adultos no pueden esperar que los niños se salten esa etapa del desarrollo, pero pueden influir sobre ellos reforzando la competencia y la intolerancia o, por el contrario, enseñándoles la cooperación y el respeto por la diversidad. A continuación presentamos algunas ideas para ayudar a los niños a manejar estas situaciones:

◆ Señale cómo la gente se parece y se diferencia entre sí. Haga preguntas y elabore listados acerca de las preferencias de los niños ("¿De qué color es tu manta?" "¿Cuál es tu comida favorita?"). Dígales a los niños que todas las respuestas están bien.

◆ Pregunte también acerca de las familias ("¿Quién tiene hermanos?" "¿Quién vive con los primos?"). Explíqueles a los niños que cualquier tipo de familia puede querer y cuidar a los niños.

◆ Puede añadir diversidad a un aula o a un vecindario, creando historias con muñecos y marionetas, cada uno con sus propias ideas y familias.

◆ Entregue a los niños materiales que puedan clasificarse de formas diferentes, sin una respuesta "correcta" ("¿Cuál de estas piedras es hermosa?").

◆ Intervenga cuando los niños expresen opiniones que puedan herir a los demás, tales como, "Sólo puedan jugar los varones, los varones son los mejores." Hágales saber que usted no permitirá violencia física ni emocional. Ofrézcales alternativas para expresar sus necesidades y sentimientos ("Puedes decir: 'Quiero jugar con alguien más,' en vez de '¡Te odio! Tú no eres mi mejor amigo'").

Anti-Bias Books for Kids
*Teaching Children
New Ways to Know the
People Around Them*

Libros Anti-Prejuciosos para Niños
*Enseñando a los niños nuevas maneras
para llegar a conocer a las personas
que los rodean*

Anti-Bias Books for Kids are designed to help children recognize the biases present in their everyday lives and to promote caring interaction with all kinds of people. The characters in each story inspire children to stand up against bias and injustice and to seek positive changes in themselves and their communities.

Los Libros Anti-Prejuiciosos están diseñados para ayudar a los niños a reconocer los prejuicios que existen en su vida diaria y para promover el cuidado en las interacciones con todo tipo de personas. Los personajes en cada cuento inspiran a los niños a enfrentar los prejuicios y las injusticias y alientan cambios positivos en ellos mismos y su comunidad.

**Play Lady
La Señora Juguetona**
by/por Eric Hoffman
illustrated by/ilustrado por Suzanne Tornquist

Children help the victim of a hate crime.
Los niños ayudan a una víctima de un crimen motivado por el odio.

**Best Best Colors
Los Mejores Colores**
by/por Eric Hoffman
illustrated by/ilustrado por Celeste Henriquez

Nate learns he can have more than one favorite color and one best friend.
Nate aprende que puede tener más de un color y de un amigo favoritos.

**No Fair to Tigers
No Es Justo Para los Tigres**
by/por Eric Hoffman
illustrated by/ilustrado por Janice Lee Porter

Mandy and her stuffed tiger ask for fair treatment.
Mandy y su tigre de peluche piden un trato justo.

**Heroines and Heroes
Heroínas y Héroes**
by/por Eric Hoffman
illustrated by/ilustrado por Judi Rosen

Adventurous Kayla rescues Nate from the dragon in her backyard.
Kayla, la aventurera, rescata a Nate del dragón de su patio.

For more information call/Para más informatión llame al
1-800-423-8309